U0505234

Annie Ernaux

Passion simple
Annie Ernaux

简单的激情

著

[法] 安妮·埃尔诺

译

袁筱一

上海人民出版社

作者简介：

安妮·埃尔诺出生于法国利勒博纳，在诺曼底的伊沃托度过青年时代。持有现代文学国家教师资格证，曾在安纳西、蓬图瓦兹和国家远程教育中心教书。她住在瓦兹谷地区的塞尔吉。2022年获诺贝尔文学奖。

译者简介：

袁筱一，华东师范大学思勉人文高等研究院院长、法语文学教授、翻译家。代表著作有《文字传奇：十一堂法国现代经典文学课》，译有《这样你就不会迷路》（2014年诺贝尔文学奖作品），《温柔之歌》（获第十届傅雷翻译出版奖），《简单的激情》（2022年诺贝尔文学奖作品）等作品。

"安妮·埃尔诺作品集"
中文版序言

当我二十岁开始写作时，我认为文学的目的是改变现实的样貌，剥离其物质层面的东西，无论如何都不应该写人们所经历过的事情。比如，那时我认为我的家庭环境和我父母作为咖啡杂货店店主的职业，以及我所居住的平民街区的生活，都是"低于文学"的。同样，与我的身体和我作为一个女孩的经历（两年前遭受的一次性暴力）有关的一切，在我看来，如果没有得到升华，它们是不能进入文学的。然而，用我的第一部作品作为尝试，我失败了，它被出版商拒绝。有时我会想：幸好是这样。因为十年后，我对文学的看法已经不一样了。这是因为在此期间，我撞击到了现实。地下堕胎的现实，我负责家务、照顾两个孩子和从事一份教师工作的婚姻生活的现实，学识使我与之疏远的父亲的突然死亡的现实。我发觉，写作对我来说只能是这样：通过我所经历的，或者我在周遭世界所生活的和观察到的，把现实揭露出来。第一人称，"我"，自然而然地作为一种工具出现，它能够锻造记忆，捕捉和展现我们生活中难以察觉的东西。这个冒着风险说出一切的"我"，除了理解和分享之外，没有其他的顾虑。

我所写的书都是这种愿望的结果——把个体和私密的东西转化为一种可知可感的实体，可以让他人理解。这些书以不同的形式潜入身体、爱的激情、社会的羞耻、疾病、亲人的死亡这些共同经验中。与此同时，它们寻求改变社会和文化上的等级差异，质疑男性目光对世界的统治。通过这种方式，它们有助于

实现我自己对文学的期许：带来更多的认知和更多的

自由。

安妮·埃尔诺

2023 年 2 月

目　录

《我们俩》——

指的是《我们俩》杂志——

比萨德侯爵[1]还要淫秽。

——罗兰·巴特

今年夏天，我第一次在电视的付费频道看X限制级影片。我的电视机没有解码器，荧屏上的画面模模糊糊，对话也被一种奇怪的音响效果所取代，噼里啪啦的，是另一种话语，温和的，断断续续的。屏幕上影影绰绰，一个紧身衣的女人的身影，穿着长筒袜，还有一个男人。情节不明所以，也不知道接下来会发生什么，人物会有什么样的动作、做出什么事情。男人靠近了女人。一个特写，画面上出现了女性的生殖器，在白花花的屏幕上很是显眼，接着是男人的生殖器，勃起的，进入了女人。在很长时间里，就是这样的来来回回，从不同的角度。接着又是男人的生殖器，握在男人的手间，精子撒播在女人的肚皮上。我们当然已经习惯了看到这样的镜头，虽然第一次看会感到很震撼。一个又一个世纪过去，经历了几百代人，也就是到现在，我们才能够看到这个，女人的生殖器和男人的生殖器结合在一起，还有精子——这种以前死也看不到的东西现在就如握手一般稀松平常。

在我看来，写作也应该以此为目标，就像性行为场面带来的感觉，这样的一种恐惧，这样的一种惊愕，将道德评判暂时搁置。

　　从去年九月开始，我就只有一件事情，那就是对一个男人的等待：等待他的电话，等待他来。我还和以前完全一样，去超市，去电影院，或是把衣服送到洗衣店，阅读，批改作业，但是我不再会长时间地沉浸在这些事情中，根本不可能，除非付出极大的努力。只有在说话的时候，我才感觉到自己还有活力。我的嘴巴吐出了词语和句子，甚至笑声，而我的思想和我的意愿并未参与其中。甚至对于我那时做了些什么，看过哪些电影，和哪些人见过面，我也只有模糊的记忆。总的说来，我都是装作在行动。唯有的倾注了我的意愿、我的欲望或是某种人类智性（预测、评估是该做还是不该做，结果是什么）的活动都和那个男人相关，比如：

阅读和他的国家有关的报纸文章（他是个外国人）

选择梳洗打扮的样式

给他写信

换床单，在房间里摆上鲜花

记下自己下次见到他要说的话，他有可能感兴

趣的事情

买威士忌、水果，还有各种在共度的夜晚需要

的小食

思考他来了之后，我们在哪间房里做爱

各种谈话中，让我不再那么兴致缺缺的，也只有

是和这个男人有关的话题：他的履职，他的国家，他

去过的地方。和我说话的那个人不会猜到，我突然表

现出的浓厚兴趣并不是因为她的讲述，也很少是因为

话题本身，而是因为我还不认识 A. 的时候，十年前

的某一天，那时正在哈瓦那[2]任职的他有可能正好去

过这间叫作"菲奥兰蒂托"的夜店；于是，看到我提

起了精神，这个人便给我描述了大量的细节。同样，

在阅读中，令我留意的语句也都是和男女之情相关

的。我感觉到，这些语句让我理解了 A. 身上的什么

东西，或是让我希望相信的什么得到了确认。因此，

当我在格罗斯曼[3]的《生活与命运》中读到这句话：

"当我们爱的时候，我们会闭上眼睛拥吻"，我会想，

A. 是爱我的，因为他就是这样吻我的。至于书的其余部分，就像那一年我的所有活动一般，都只是为了充填两次见面所间隔的时光。

　　我唯一的未来，就是在下一次电话里确定见面的时间。除了必要的工作——时间是确定的——我尽量减少外出，生怕因为我不在家而错过了他的电话。我也尽量避免用吸尘器或吹风机，因为有可能听不到电话铃声。但是铃声经常会毁灭了我的希望，这希望往往只维持了一点点时间，从我慢慢拿起话筒到我说

"喂，你好"便结束了。听到不是他，我是如此失望，以至于经常让电话那头的人感到害怕。而一旦听到是A.的声音，我那无尽的、痛苦的、充满嫉妒的等待瞬间灰飞烟灭，以至于我感觉之前我一定是疯了，陡然间便又恢复了正常。这声音，说到底，微不足道，然而对我的生活而言却是重要到过分的程度，着实令我震惊。

如果他告诉我，一个小时之后到——正好有个"机会"，也就是说，他找到一个迟回的借口，不会引起妻子的怀疑——我就会进入另一种等待，没有任何想法，甚至没有欲望（以至于我都会怀疑我是不是真的能够得到享受），而是如同打了鸡血一般狂热地投入一堆我根本无法理出头绪的事情：洗澡，拿出玻璃酒杯，涂指甲，用拖把拖地。我根本不知道自己在等谁。我只是突然间被这个时刻抓住了——想到这个时刻越来越近，我就沉浸在一种不可名状的恐惧之中——我听到刹车声，关车门的声音，还有门口响起的他的脚步声。

如果他留给我的时间更长一点，从他给我电话到他来之间有三四天的时间，想起在见到他之前我必须

做的所有活儿，例如和朋友们约好的必须去的饭局，

我的心里就会觉得好不厌烦。我情愿什么都不做，就

只是等他。而且我心里会有种越来越强烈的执念，生

怕会横生枝节，阻碍了我们的见面。有一天下午，我

开车回家，按照约定他应该半个小时之后到，有个念

头在我脑中一闪而过，那就是我很可能会撞车。我立

刻想："我不知道我是不是该停下。"*

---

* 我很习惯在欲望与事故——要么是我引发的事故，要么我是受害者——或者疾病，总之是多多少少有些悲剧性的事情之间维持平衡。这是衡量我欲望有多么强烈——也许也是挑战命运——的有效办法，就是通过想象，审度我是否接受满足欲望有可能需要付出的代价："如果我能够成功地写完眼下的这部作品，即使家里毁于火灾也在所不惜。"——原注

等到一切准备就绪，妆化好，头发打理好，家里收拾好，即使还有时间，我也根本读不了书，改不了作业。当然，在某种程度上，我也不愿意把精力转到别的事情上，而是只想等着 A.：不要破坏我的等待。通常，我会在一张纸上写下日期、时间，还有"他就要来了"，以及其他的句子，比如我的忧虑，担心他不来了，或是来了之后欲望没有那么强烈。晚上，我重新拿起这张纸，写上"他来了"，东一榔头西一棒地记下一些此次见面的细节。接着，我迷茫地看着这张被涂得乱七八糟的纸，前面和后面写的两段内容，然后我会连贯地读一遍。在两段文字之间，有让一切都变得微不足道的话语和动作，一切，包括我试图将话语和动作凝固下来的文字。这段时间的两头都是汽车的声音，他的雪铁龙 R25 刹车的声音，结束时是车子重新发动的声音，我可以肯定，我生命中再也没有任何东西比这更加重要，生孩子，成功地通过考试，到远方旅行，统统都不如这个下午，和这个男人一起上床更重要。

这一切只有几个小时。我不戴表，就在他到之前取下来。他会戴着他的，我很害怕他偷偷看表的时刻到来。去厨房拿冰块的时候，我会抬眼看一下房门上方的挂钟，"已经超过两个小时了"，"一个小时"，或者"一小时后我还在，可他已经走了"。我惊愕地问自己："现时何在?"

走之前，他沉着地穿上衣服。我看着他扣上衬衫扣子，套上袜子、三角裤、长裤，转向镜子，打好领带。等他穿好外套，一切就结束了。我就是一段借助我的躯壳而存在的时间而已。

他一走，巨大的疲劳感袭来，我几乎动弹不了。

我不会立刻收拾。我看着玻璃杯，残留着食物的盘子，堆满了烟头的烟灰缸，散落在走廊上、房间里的外套和内衣，耷拉在地毯上的床单。我情愿任凭这些东西停留在这种乱七八糟的状态，因为每一个物件都意味着一个动作、一个时刻，它组成了一幅画，博物馆里任何一幅画都不曾带给我这样一种力量和痛苦。

自然，我第二天才会洗澡，这样，就可以把他的精子留在身体里。

我计算过我们曾经做过多少次爱。我有一种感觉，就是每一次我们之间的关系又增加了新的内容，但是，我也感觉到，这一类的动作，这一类的欢愉积累得越多，我们彼此的距离也就越远。我们用尽了欲望的资本。在身体的激情上赢得的东西在时间里失去了。

我沉入半梦半醒之中，似乎仍然是睡在他的怀里。第二天，我还迷迷糊糊的，还感受着他无尽的爱抚，重复他说过的词语。他不会用法语说下流话，也许是他不想说，因为这些词对于他来说，并不承载着社会禁忌,这些词和其他词一样纯洁(就像反过来,他的语言里的那些粗俗词对我而言也是一样纯洁)。

在区域快铁(R.E.R.)的车厢里,在超市里,我仿佛听见他的声音在我耳边响起:"用你的唇亲抚我那个地方。"有一次,在歌剧院站,因为沉浸在这样的梦里,我错过了本该乘坐的车。

这种混沌状态慢慢消失之后,我又开始了新的等待,等他的电话,随着上一次见面的日子逐渐远去,我的痛苦和恐惧与日俱增。就像以前,考试之后,距离考试的日子越远,我越会想,自己一定没有通过考试，时间流逝，他却没来电话，我就越能够肯定，他已经离开了我。

在他的存在之外，唯有的幸福是我买东西的时刻，新裙子、耳环、长筒袜，我在家中的镜子前试穿，理想——虽然不可能——是每次都能够让他看到新的打扮。其实衬衫也好，新皮鞋也好，他每次都是欣赏不到五分钟就不知被抛到了哪里，直到他走。我也知道，倘若他对另一个女人产生了新的欲望，这些衣物是起不了任何作用的。但是打扮成同一副样子出现在他面前，在我看来是个错误，是放弃了某种努力，而在我和他的关系中我一直在力求完美。怀着同一种力求完美的愿望，我在一间大卖场里翻阅了《肉体之爱技巧大全》。书名下面赫然印着"销售逾七十万册"。

我经常会有一种感觉，我经历这段激情，就仿佛是在写一本书：希望在每一个场面上都能够成功，考虑到所有的细节。以至于我觉得，在这份激情的尽头，死了也无所谓——其实我并没有赋予"尽头"

以确切意义——就好像，在几个月后，写完这些，

我也可以去死一样。

在和我经常往来的人面前，我一直注意，言谈中不要透露自己心心念念的事情，尽管这很困难，因为要求持续地保持警觉。在理发师那里，我遇到一个很饶舌的女人，开始的时候，大家都会正常地回应她，直到她仰面躺好，脑袋放入盥洗盆，说"大家都把我当作精神病来照顾"。这时，和她正说着话的那个人便会不动声色地与她保持距离，就好像这一无法抑制

的招认就是她精神错乱的证明。如果我说，"我正经

历一段激情"，我害怕自己也会显得很不正常。然而，

当我和其他女人在一起时，在超市的收银台前，在银

行，我会想，她们是不是也和我一样，脑子里总是有

一个挥之不去的男人，否则，她们怎么能这样活着，

也就是说——就我此前的经验——所有的等待不过

是周末的来临，去饭店吃饭，健身，还有孩子在学校

里的成绩，而这些对于现在的我来说，要么就显得那

么不堪忍受，要么就显得那么无关紧要。

别人对我讲起他的秘密时，比如一个女人或一个男人说"对一个家伙产生了（或者产生过）一种奇怪的感情"，或者"和某人有过（或者正处于）一种强烈的感情"，有时我也会想倾诉。因共情而产生的兴奋劲儿一旦消失，我就后悔放任自流了，哪怕只有一点点。在类似的对话中，我总是回应说"我也是，我也一样，我也不例外"，等等。但突然之间，我会觉得这种回应并不符合眼下正经历的激情，完全是无效的。甚至，在这一类的情感流露中，某些东西正在失去。

对当时正在读大学，不定时会到家里来住几天的儿子们，我只会说必要的一点点内容，他们无须付出太多就能够轻松地让我得以享有私情。因此，他们必须打电话问我是否能回家，或是——只要 A. 说了他什么时候来——他们什么时候必须要走。这种安排——至少表面上看来如此——并不困难。但是我更希望，我可以完全不把这件事告诉我的孩子们，就像以前，我还是孩子的时候，对父母，我绝口不提和男孩子之间的打情骂俏或艳遇之类的事情。也许是不想让他们有所评价。也是因为，父母与孩子是肉体上最为亲近的人，却同时又是禁忌之所在，所以他们或许最难接受亲近之人的性事，而且毫不在意。孩子们都会拒绝看到母亲朦胧的眼神里或心不在焉的沉默背后昭然若揭的事实吧：在某些时刻，在她的眼里，他们显然都不那么重要，就像一只着急去追老公猫的母猫，根本看不到他们一样。*

---

* 在《嘉人》(*Marie Claire*) 杂志里，被采访的年轻人都旗帜鲜明地反对分居或者离婚母亲的感情生活。有个姑娘怨恨地说："我母亲的情人唯一的作用就是让她做梦。"多么美妙的作用啊。——原注

那段时间，我没有听过一次古典音乐，我更愿意听歌。最多愁善感的那种，这些以前我几乎从来没有在意过的歌曲令我心绪难平。歌曲直接地、毫无保留地道出了激情中的绝对意味和激情的普遍性。听到西尔维·瓦尔当[4]唱"这就是命，这就是兽性"时，我敢肯定，绝非只我一人对此深有体会。这些歌曲陪伴着我那时正在经历的感情，让这份感情有了合法存在的理由。

女性报纸，我总是先从占星栏目读起。

如果我觉得在哪部电影里能看到自己的故事，我就想马上去看，如果已经过了放映期，没有地方上映了，我就会非常失望，比如大岛渚的《感官王国》[5]。

我给坐在地铁通道里的男男女女钱，许下晚上让他给我打电话的愿望。如果他能在我确定下来的某个日子之前来看我，我就答应给"大众救助"捐二百法

郎。和我往日的生活方式正相反，我时不时就会挥霍

一把。我觉得，这种挥霍也是一般性支出，必须的，

与我对 A. 的激情不可分割，包括时间的支出：做梦、

等待，当然还有身体的支出：做爱，直至精疲力竭，

步履蹒跚，就好像这是最后一次一般。（又有什么能

够保证这不是最后一次呢？）

有一天下午他在这里，我把滚烫的咖啡壶放在起

居室的地毯上，把地毯烫坏了，里面的线头都露了出

来。我一点都不在乎。甚至，每次我看到坏的这个地

方，我都会觉得很幸福，因为这让我想起和他共度的

那个下午。

日常生活中的烦恼不再能够激怒我。我也不再会

因为两个月的罢工，邮件送不到而焦虑，因为 A. 从

来不给我写信（也许是出于已婚男人的谨慎）。堵车

的时候我也安静地等待，在银行柜台，柜员的坏脾气

也不会激怒我。我对一切都很耐心。对于别人，我感

觉到一种掺杂了共情、痛苦和博爱的感情。我能够理

解躺在长凳上的流浪汉，能够理解嫖客，能够理解一

头扎进哈勒昆商店 [6] 的女游客（但是我也说不出，我身上到底有什么和他们相通的地方）。

有一次，我光着身子去拿冰箱里的啤酒，我想起了在童年时代，我所住的街区里的那些女人，单身女人或者结了婚的、成为母亲的女人，她们会在下午偷偷摸摸地约会男人（什么都能听得见——其实也无法弄清楚，周围邻居究竟是指责她们行为不端呢，还是把时间都浪费在了寻欢作乐上，而不是去擦玻璃）。我想起她们，觉得很满足。

那段时间，我都有一种感觉，觉得自己正在经历一种浪漫模式的激情，但是我现在却不甚清楚，我是用什么模式将它写下来的，是见证，还是女性日记的那种隐私模式，宣言还是案件笔录，甚至文本评论。

我并不是在叙述一段关系，也不是按照准确的时间顺序讲述一个故事（有一半内容我都想不起来了），比如"11月11日他来了"，或者只是记个大概的时间："好几个星期过去了"。对于我来说，这段关系中没有故事，我只知道在场或者缺席。我只是在累积一段激情的符号，不停地在"永远"和"某天"之间摇摆，就好像这样的清查能够让我抵达这段激情的实质。诚然，在一一列举、描写这些事实时，并没有一丝一毫的幽默或者嘲讽，虽然在经过了某些事情之后，我们经常用这样的方式来讲述给别人或者自己听，但是这并非是当时体验它们的方式。

至于我的激情源于何处，我并没有在久远的或近期的故事中找寻它，或许这会是精神分析专家让我做的吧，我也不会在童年以来就对我产生影响的情感的文化模式中找寻它（《飘》《费德尔》[7]或是芭雅芙[8]的歌和俄狄浦斯情结一样，起到了决定性的作用）。我不想解释我的激情——这就又好像回到了把这段激情看作错误，或者有违公序良俗的事情的层面，好像一切都是为了辩解——我只是想呈现它。

唯一值得重视的条件应该是物质性的：为了经历这段激情，我能够支配的时间和自由。

他喜欢圣罗兰的西装，切瑞蒂的领带，还有豪车。他开快车，总是闪动前灯示意避让，开车的时候他不说话，就好像完全投入这种自由的感觉，他，一个来自东欧国家的人，衣冠楚楚，在法国的高速公路上，一副驾驭一切的态势。他很喜欢听别人说他有点像阿兰·德龙。我猜——因为他是一个外国人，其实也很难准确把握——他对精神或者艺术层面的事情也没太大兴趣，尽管他很尊重。他喜欢看的电视节目是比赛和《圣芭芭拉》[9]。对此我倒是无所谓。也许因为A.是个外国人，他的趣味在我看来首先属于文化差异的范畴，倘若是个法国人，同样的趣味就是阶层差异了。又或者，在A.的身上，我很乐意看到自己"暴发户"的那一面：少女时代，我对漂亮衣裙、唱片和旅行有种贪婪的渴望，因为我没有，而我周围的同学都有——就像"被剥夺的"A. 以及他那个国家的所有人，只想拥有漂亮的衬衣，还有西方国家商店橱窗里的那种录像机。*

他也有东欧国家人的习惯，喝得很多。我并不讨

---

* 这个男人后来又去了世界的其他地方。我不能再对他多加描写了，不能给出或许能让别人对号入座的细节。他决心"按照自己的意愿生活"，也就是说，除了设计这份生活，别的事情都不再重要。就算对我来说是不同的，但这也不允许我透露他的身份。他没有选择出现在我的书中，而只是选择出现在我的存在中。——原注

厌这一点，只是害怕他离开上路时可能会遭遇车祸。

即使他拥吻我的时候，经常会有些踉跄，或者会打

嗝。相反，他因为酒精开始变得下流起来的时候，能

和他融为一体让我感觉很幸福。

　　我不知道他和我的关系是哪种性质的。开始，我

会从某些迹象中——比如他看着我时沉默不语的幸

福神情，比如他会说，"我发疯一般地开车来"，比如

他和我讲述他的童年——推断出他和我一样爱得激

情四射。接着，我的这份确信便动摇了。我觉得他变

得谨慎了，似乎不那么投入了——但是只要他和我

说起他的父亲，说起他十二岁时在森林里采覆盆子，我的想法又会发生变化。他不再送我东西——每当我收到朋友送的花或者书，我就会想到，他觉得没有必要那么在意我，但是很快，我又会说服自己："他的欲望就是给我的礼物。"我如饥似渴地记下那些我当作是他嫉妒的信号的话语，这在我看来，是他的爱情的唯一证明。过了一段时间后，我发现"你圣诞节要离开吗？"只是再平常不过的问题，或是出于实际需要问的，只是为了安排或不安排约会，根本就不是为了知道我是不是和别的什么人一起去滑雪了。（甚至他还希望我离开，这样他就好去见另一个女人？）

我经常问自己，对他来说，这些个我们一起做爱的午后究竟意味着什么。也许就只是这样，做爱。无论如何，也没有必要找到什么额外的理由，我只能确认一点：他有欲望，还是没有。毕竟无可争议的事实就摆在那里，只要看看他的性器就一目了然。

　　尤其他是个外国人，所以要想解释他的行为就更不可能，因为对于他行为背后的文化，我的了解仅限于一个游客能够了解的范围，都只是一些刻板印象。开始的时候，这种让互相之间根本不可能得到理解的局限让我感到很灰心，尤其是他法语说得很好，我却不会说他的语言。接着，我接受了这一点，这样的情况也免去了我对我们之间完美的沟通，甚至融为一体的幻想。他的法语与习惯用法之间有一点轻微的偏差，我也会对他使用某个词的真正意义产生一点犹豫，于是我每时每刻都在揣度，我们的交流大概到什么程度。通常人们都要到最后才会充满惊讶和惶恐地发现：我们爱的男人是个陌生人。可我竟然从一开始就知道，并且时时刻刻都能意识到这一点。

他是个已婚男人，这一点给我们的交往带来了限制——不能给他打电话——不能给他寄信——不能送他礼物，否则他很难解释，另外还总是取决于他是否能够脱身——但我一点也不反感。

他从我家离开的时候，我把写给他的信交给他。

尽管我怀疑他是不是读完之后就会撕碎从车窗里扔到

公路上，可这并不妨碍我继续给他写信。

我尽量小心，不在他的衣服上留下我的一丁点儿

痕迹，我也不会在他的肌肤上留下印记。除了避免他

和妻子之间闹起来之外，也是不希望让他对我产生怨

恨，从而导致他离开我。正是出于这样的原因，只要

是他妻子陪他出席的场合，我尽量不露面。我担心在

他妻子面前会不自禁地做点什么——比如抚摸 A. 的

颈背，或是替他整理衣装——，从而背叛我们之前的关系。（我也不愿意再去想象他们俩做爱的样子，徒劳地折磨自己，就像我每次看到她的时候情不自禁的那样——就算我觉得她无足轻重，就算他也许是"顺手"和她做爱，可是只要想到那个场面，我就深受折磨。）

这些限制本身就是等待和欲望的来源。就像他总是在电话亭里给我打电话一样，不可预测的操作，我拿起电话的时候，电话那一头经常会没有人。久而久之，我明白了，在这个"打错的电话"之后，往往会是"真的"来电，最多一刻钟之后，他需要足够的时间再找到一个能够使用的电话。第一个没有声音的电话预示着他的声音很快就要出现，是某种对幸福的承诺（尽管很少），在第二次电话里，有可能听到他喊我的名字，问我"能见面吗"，而两次电话之间的间歇是最美好的时刻之一。

晚上，坐在电视机前，我就会想，他是不是也在看同样的节目、同样的电影，尤其是爱情片或色情片，如果电视上的场景正好和我们的情况有相似之处，我就会想象他也在看《隔墙花》[10]，并且将我们代入人物的故事之中。如果他对我说，他看过这部影片，我就会趋于相信，之所以他那天晚上会选择这部影片，就是因为我们，并且在荧幕上，我们的故事在他看来更加美丽，至少有它的合理性。（自然，我不愿意去想，可能正相反，我们的关系在他看来是危险的，因为在电影里，婚外情通常没有好下场。[*]）

---

[*] 皮亚拉（Pialat）的《情人奴奴》和布里叶（Blier）的《美得过火》，等等。——原注

有时，我会想，也许在一天里，他不曾花一秒钟的时间想过我。我仿佛看到他起床，喝咖啡，谈笑，就好像我根本不存在。而我无时无刻不在想他，这种差距让我感到惊诧不已。这怎么可能。但是或许，如果他知道我的脑海里，从早到晚都是他，他也会很吃惊吧。在某种程度上，我比他要幸运。

当我走在巴黎的街头，看到大街上独自一人开车的男人，打扮看上去像是高级商务经理的模样，这时我就意识到，A. 其实也就是他们当中的一个，不会多点什么也不会少点什么，首要关心自己的职业，每隔两三年就会和一个新的女人来一场艳遇，或者爱情。这一发现让我如释重负。我决定不再见他。我敢肯定，他对于我来说已经形同陌路，毫无关联，和这些宝马或是 R25 里衣着整洁的驾驶者一样。但是一边走着，我又一边看着橱窗里的衣裙和内衣，仿佛预见到我们下一次的约会。

这些让我和他拉开距离的时刻来自外界，很短暂，并不是我刻意寻求的。相反，我会尽量避免让我摆脱他的这些机会，阅读，外出，以及以前一切让我感到兴致盎然的活动。我向往那种彻彻底底的无所事事。领导要求我加班，我强烈反对，差点在电话里对他爆了粗口。我有正当的权利，我反对一切阻碍我的力量，我倾我所有投入这份感觉，投入对这份激情的想象叙事。

　　在区域快铁、地铁、等候室，所有允许我神游的地方，只要一坐下，我就进入了有 A. 的梦幻。就在我坠入这一情景的一瞬间，我的脑子里便会产生一种幸福到抽筋的感觉。我好像感受到了一种生理上的快感，就好像我的脑子，因为不断地重复这些画面，因为回忆，也感受到了欢愉，我的脑子也和别的器官一样变成了性器官。

　　记录下这些东西，我自然一点也不觉得羞耻。因为在写下这些的时候，我是唯一能够见到它们的人，这距离有一天它们被别人读到——我觉得这一天永远不会来到——的时候还很远。从此时到那一天，我可能会遭遇事故，可能会死，可能会爆发战争，或

者革命。正是因为有这样一段时间，现在我能够把它

们写下来，就像十六岁的时候，我会在灼热的太阳下

曝晒一整天，二十岁的时候，我会不采取任何避孕措

施做爱：不计后果。

（因此将书写自己生活的行为和暴露癖的行为类

比是个错误，因为暴露癖患者只有一个欲望，就是展

示自己，并且在同一个时刻被他人看到。）

春天，我的等待在继续。五月初，炎热已经提

前到来。夏天的衣裙出现在街头，露天咖啡座满满

的人。耳边时不时传来充满异国情调的舞曲，伦巴舞

曲，某个女人用压抑的声音在小声哼唱。这一切都会

让我去想，A.是不是在背着我寻欢作乐。他的职位

似乎很高，在法国的工作也很重要，所有女人都会欣

赏他，而与他相比，我觉得自己没有什么吸引人的地

方，没有什么特别之处可以将他留在我身边。每次去
巴黎，不管什么区，我都会想，他是不是会开着车从
我面前经过，身边坐着另一个女人。我总是挺直了腰
往前走，事先就进入一种骄傲的姿态，若真的有了
这样的相遇场景，可以装出毫不在意的样子来。当
然，这样的场景从来没有发生过，但这样一来，我就
更加失望了：我在意大利大街，在他想象中的目光下
闲逛，而他却在别的什么地方，抓也抓不住。我脑子
里一直在纠结这样的画面：他开着车，车窗摇下来，
卡带收录机放着音乐，往索园[11]或是樊尚林苑[12]的

方向。

有一天，我翻开一本《电视周刊》，开始读一篇关于古巴舞蹈团的报道，舞蹈团正在巴黎巡回演出。作者着重强调了古巴女演员的性感和奔放。照片上那个接受采访的舞蹈演员，高个子，黑头发，露出一双长长的腿。我越往下读就越有一种预感。读到最后，我几乎确定，很了解古巴的 A. 一定认识这个照片上的女演员。我似乎看到他和她进了酒店的房间，而这个时候，任何东西都无法说服我，说这是不可能的。

正相反，认为这一切绝不可能发生的判断在我看来才是愚蠢的，无法想象的。

　　当他打电话来约见面，我一直在等的电话也并没有改变这一切，我和以前一样，处在痛苦的焦虑之中。我进入了一种状态，即便他真实的声音也无法让我感到幸福。所有的一切都成了没有尽头的空白，除了我们在一起做爱的时刻。更甚，即便在这样的时刻，我的脑海里也总是不断去想随之而来的时刻，他要离开的时刻。对于我来说，欢愉的时刻意味着即将到来的痛苦。

　　我不断产生要分手的意愿，这样就可以不再等待

他的电话，不再承受痛苦，但是我立刻就会想到分手

的那一刻：连续若干个无所期待的日子。于是我情愿

继续下去，不计代价——就算他有了另一个，甚至

好几个女人。（也就是说，在这种情况下我承受的痛

苦要大于使我决定离开他的直接原因本身所带给我的

痛苦。）但是在我模模糊糊感受到的空虚之外，我觉

得自己还是比较幸福的，我的嫉妒之情是一种脆弱的

优势，我原本应该疯狂地希望自己不要再嫉妒下去，因为总有一天结局会来临，不以我的意愿为转移，他离开法国，或者他和我分手的时候。

　　我尽量回避在外面有可能在人群中见到他的场合，因为我不能忍受仅仅是为了见到他而见到他。因此我不参加他也受到邀请的开幕式，但是整个晚上，我的脑子里全是他的样子，他微笑着，对身边的一个女人献殷勤，就像我们刚认识的时候，他对我那样。接着，有人和我说，那天晚上有三个秃头、一个平头。我于是松一口气，对自己重复着那人的话，感到很开心，就好像招待会的气氛和受邀女士的数量之间有着某种联系，而事实上这只取决于相遇的偶然——一个女人足矣——只取决于相遇的他是否想要勾引她。

我试图打听他闲暇时间都干些什么，周末有没有出门。我猜想："这会儿他正在枫丹白露，他在跑步——在多维尔的公路上——，在海滩上，在妻子身边"，等等。知道这些能让我安心，我觉得可以在

某一个时刻，把他放在某一个地方，可以防止他出

轨。（这种坚持与另一种坚持有点像，我也顽固地认

为，知道儿子们在哪里参加舞会，或者在哪里度假，

就可以防止他们出事，吸毒或者溺亡之类的。）

　　这个夏天我不想去度假，不想早上在旅馆的房间

里醒来后，知道一整天都不能等他的电话。但是如果

不去度假，就是再清楚不过地承认了对他的激情，这

比对他说"我爱你爱得发疯"还要明显。有一天，我

又被分手的念头所折磨，于是取而代之的是，我决定

订两个月后去佛罗伦萨的火车票和旅馆。对这种形式的分手我感到很满意，因为我不需要离开他。我就等待出发时刻的到来，就好像去参加一场我很久以前报名的考试，而我却没有为此准备——心情沉重，充满了无力感。在卧铺车厢的床上，我不停地想一周后我坐同一班火车回到巴黎：一种模糊的幸福的展望，甚至有点不太现实（也许我会在佛罗伦萨死去，我再也见不到他了），这种展望令我对远离巴黎越来越感到恐惧，我感到往返之间的这段间隔没有尽头，无比残忍。

更加糟糕的是，我也不能成天待在酒店的房间里，等回巴黎的火车。必须要让这次旅行作为旅行而存在，所以我必须像度假时习惯做的那样，参观文化景点，漫步。在奥塔瓦诺区，在波波里花园，一直到米开朗基罗广场，米尼亚托教堂[13]，我一走就是好几个小时。所有开放的教堂，我都会进去，许上三个愿望（因为相信三个当中总有一个能够得到满足——三个愿望当然都和 A. 相关），我在阴凉和安静的地方坐上很长时间，从早到晚不断出现的电影般的场景（在佛罗伦萨和他一起共度一天，十年后在某个机场相遇，等等）会不停地涌入我的脑海。

　　我不太理解，为什么人们会热衷于在旅游手册里寻找一个日期，关于某幅画的解释，寻找与他们自己的生活没有关系的一切。我对艺术品的运用只与感情相关。我之所以会再次前往巴迪亚[14]教堂，只是因为那里是但丁遇到贝阿特丽丝的地方。圣十字教堂[15]里那些已经模糊的壁画让我感到极其震撼，因为我的故事总有一天也会和这些壁画一样，在他和我的记忆中褪去颜色。

在博物馆里，我也只看和爱情有关的作品。裸

体男人的雕像很吸引我。在他们身上，我又看到了

A.的肩膀、腹部、性器，尤其是沿着胯部内侧一直

到腹股沟凹陷的那一条浅浅的曲线。我站在米开朗基

罗的《大卫》前久久不愿离去，我感到如此惊讶，简

直有一种痛苦的感觉，因为竟然是一个男人，而不是

一个女人，能够如此完美地呈现出男性身体之美。尽

管这可以用那时的女性处于被支配的地位来解释，但

我还是觉得有什么东西永远失去了。*

　　在返程的火车里，我有一种感觉，似乎在佛罗伦萨一字不落地写下了我的激情，当我走在街头，当我参观博物馆时，我的脑子里都是 A.，我是和他一起看了佛罗伦萨的这一切，和他一起在阿诺河边喧闹的饭店里吃饭、睡觉。只要回到家，就能读到一个女人深爱一个男人的故事，这是我的故事。在这八天里，

* 同样，我非常遗憾，没有一位女性的画能够像库尔贝的《世界的起源》一样挑起如此难以言喻的激情，在这幅画里，占据人们视线的，是一位躺着的女性打开的阴部。——原注

我独自一人，除了和饭店服务员，就几乎没怎么说话，脑子里尽是 A. 的模样（以至于渔民上来和我搭讪的时候，我感到十分惊愕，难道他们没有看清楚我吗？），最终，这八天就好像是让爱情更加完美的一场考验。一种额外的支出，这一次，是在他不在场的情况下，支出了想象和欲望。

六个月前，他离开法国，回到了他的国家。我也许从此再也不会见到他。开始的时候，每每我都会在夜里两点醒来，我觉得活着，或者死去对我而言已经无所谓了。我浑身都疼。我想要摆脱疼痛，但是疼痛无处不在。我真希望有个小偷进入我的卧室，杀了我。白天的时候，我尽量被各种事情占满，不要坐着无所事事，因为迷茫（这个词的泛指，陷入消沉之中，酗酒，等等）而饱受痛苦。出于同样的目的，我努力装扮得体，化妆，戴隐形眼镜而不是架在鼻梁上的眼镜，尽管这一通操作需要很大的勇气。我看不进电视，也不能翻看杂志，香水或微波炉的广告都只指向一件事：一个正在等待男人的女人。从内衣店前经过时我也会扭过头。

实在太痛苦了，我有一种强烈的愿望，想要去找占卜师，我觉得这是我所能做的唯一重要的事情。有一天，我在视频电话终端机里寻找通灵师的名字。名单很长。有一个特别提到她曾经预言过旧金山大地震

和达莉达 [16] 之死。当我抄下这些名字和电话号码，就好像我仍在为 A. 做点什么一样，一个月前，我在为 A. 试一条新裙子的时候就是如此兴奋。后来，我一个电话也没打，我害怕占卜师会预言说他再也不回来了。我想，"我终于走到了这一步"，并不出乎意料。我不知道我为什么就不能走到这一步。

有一天夜里，我突然起了念头想要做艾滋病毒检测："他或许至少给我留下了这个。"

我想要拼尽全力想起他的身体，从头发到脚趾。

我真的看到了，确确实实地看到了，他的绿眼睛，额

前那一绺头发，肩膀的形状。我感受得到他的牙齿，

他嘴里的味道，臀部的形状，皮肤的颗粒。我想，在

重新勾勒他的身体与幻觉之间，在记忆与疯狂之间，

距离应该不远。

有一次，我趴着让自己达到了高潮，我感觉那就

是他的高潮。

好几个星期里：

我都在夜半醒来，一直到早上，就停留在这样一种模模糊糊的状态里，醒着，却无法思考。我想要沉入睡眠，但是睡眠就好像一直只能停留在我身体的下方。

我不想起床。我看到面前有一整天的时光，没有任何期待。时间的感觉再也带动不了我做任何事情，它只是让我老去。

在超市里，我想："我再也不需要拿这个了"（威士忌、杏仁，等等）。

我看着为了某个男人买的衬衫、皮鞋，这些东西如今都没有用了，没有意义，只是纯粹的赶时髦。如果不是为了取悦某个人，不是为了爱情，还可能对什么东西产生欲望吗？不管是什么东西？因为切肤的寒冷，我需要一条披肩，可我想："他再也看不到了。"

所有人都让我觉得无法忍受。我还能经常接触的是我在和 A. 热恋时认识的人。他们出现在我的恋情中。即便现在他们不能激起我的任何兴趣和看重，我还是对他们有一点温情。但是我不能看到电视上出现以往我喜欢过的那些节目主持人或演员，我之所以喜欢，是因为在他们身上能看到 A. 的神态、动作或眼睛。A. 的这些符号出现在我压根儿看不上的人身上就是一种僭越。我讨厌这类还继续和 A. 保持着某些相似之处的人。

我许愿，如果他在月底之前给我来电话，我就给某个人道主义组织捐五百法郎。

我想象着我们在酒店，或者在机场的重逢，或者他给我寄了一封信。想象针对这些他从未说过、永远也不会说的话，我的回答。

如果我到一个去年他还在的时候我去过的地

方——比如牙医诊所，或教师会议——我就会穿上当时去那里时穿的衣服，我对自己说，同样的情境会产生同样的效果，这样他晚上就会给我来电话。接近半夜我去睡觉的时候，我意识到我一整天都实实在在地相信他会来电话，这让我感到很沮丧。

在我的昏昏沉沉中，我有时会想起威尼斯，在遇到 A. 之前不久，我在那里度过一星期的假期。我试图回想起那次的安排和行程，我又重新回到了扎泰雷 [17]，回到了加尔西纳酒店 [18]。我在脑海里重构出我在加尔西纳酒店附楼的房间，努力回想起那里的一切，窄小的床，朝向古驰奥罗咖啡馆背面的钉死的窗户，铺着白色桌布的桌子，我在回想我放在桌子上的书，脑子里一一闪过那些书的书名。我一一列举那里的东西，试图清点我在和 A. 发生故事之前的某地的内容，就好像一张完整的清单就可以让我和他的故事重新出现。这也是出于同样的迷信，有时，我甚至有种冲动，想要真的重新回到威尼斯，回到同一家酒店，回到同一个房间。

在这段时间里，我所有的想法、所有的行动都是

对此前的重复。我想要强迫我的现时重新变回到向幸

福张开怀抱的过去。

　　我总是在计算着"他走了两个星期了，五个星

期了"，或是"去年的这一天，我在这里，在做什么

事情"。不管遇到点什么，比如商业中心开业，戈尔

巴乔夫访问巴黎，张德培[19]在罗兰-加洛斯红土场上

获胜，我就会立刻想道："就好像他在一样"。我重

新回顾这段时期的各个时刻，其实并没有什么特别

的——我在索邦大学的档案室里，我走在伏尔泰大

街上，我在贝纳通商店试裙子——我觉得我就好像仍然在这些地方一样，以至于我一直在想，为什么人就不能从一个时刻走到另一个时刻呢？就像从一个房间走到另一个房间那样？

　　在我的梦中，一直有一种时间可以回溯的愿望。我和母亲（已故）说话、争执，她于是变得鲜活起来，但是即便在梦中我也知道——她也知道——她死了。这也没有什么特别的，她的死亡已经在她的身后，就好像"业已完成的一件好事"，就是这样（似

乎我经常做这个梦）。还有一次，是一个穿着泳衣的

小姑娘，她死于一次远足。重建罪行的工作于是立即

开始。孩子复活了，这样就可以把这段致她死亡的旅

程重新走一遍。但是对法官来说，关于所谓真相的知

识使得重建变得复杂了。在别的梦里，我丢了包，我

迷了路，火车很快就要发车，我却整理不好我的行

李。我在人群中看到了 A.，但是他没在看我。我们

一起在出租车上，我抚摸他，他的性器毫无反应。之

后，他又一次出现了，这一回他对我产生了欲望。我

们在咖啡馆的盥洗室里，咖啡馆是在墙后的一条小街

上，他一言不发地要我。

　　周末，我强迫自己做剧烈的体力活动，家务，花园里的活儿。晚上，我精疲力竭，四肢懒洋洋的，就好像是和 A. 在家中度过整整一个下午之后。但这是一种空虚的疲惫，缺少对另一具身体的回忆，让我感到恐惧。

A.走后差不多两个月的时间，我也不知道具体是哪一天，我开始讲述"从九月开始，我就只有一件事情，那就是对一个男人的等待"，等等。虽然我能准确地回忆起一切参与到我与 A.的记忆中的事件，阿尔及利亚发生的十月暴动，一九八九年七月十四日闷热与阴沉的天气，甚至一些很无聊的细节，例如六月里买了一个搅拌机，或者约会的前一天晚上；我却没有办法将某一页纸的写作和一场暴雨或这五个月来发生的某个事件——例如柏林墙的倒塌或是齐奥塞斯库被执行死刑——联系在一起。写作的时间和激情的时间毫无关系。

然而，我开始写作，就是为了留在这段时间里，所有的一切都往同一个方向去，从选择一部影片到选择一管口红，都是向某个人走去。从第一行开始我不自觉地使用未完成过去时，这是对我不愿意结束的一段时间的"未完成"，是"那段时间生活更加美好"的"未完成"，是永恒的重复的"未完成"。这也是用制造一种痛苦来代替此前的等待，代替电话和约会。（现在仍然如此，重读开头这几页文字感受到的痛苦，和看到碰到他在我家里穿的、离开时脱下的浴袍时感受到的痛苦是一个性质。不同之处在于：这几页文字对我来说始终是有意义的，或许对别人来说也是，而浴袍——本身它也只有对我而言具有意义——总有一天对我来说也不再意味着什么，我会把它放进旧衣服包里。记下了这一点，我应该也挽回了这件浴袍。）

但是我仍然继续在经历。也就是说，写作并不妨碍我在停下的那一瞬，感受到那个男人的离开，我再也听不到他的声音、他的外国口音，再也不能碰触到他的肌肤，那个男人在一个冰冷的城市生活，他的生活我无法想象，那个真实的男人，比写下来的这个男人，用首字母 A. 来表示的这个男人更加在我的可及范围之外。因此，我继续使用一切办法来帮我承受这份痛苦，给自己一种从理性而言并不存在的希望：玩纸牌通关游戏，在奥贝尔街（Auber）乞丐的杯子里放十法郎，同时许愿说："让他给我打个电话吧，回到我的身边"，等等（也许，实际上写作不过是这诸多办法中的一个）。

尽管我根本不想见人，但我还是接受邀请参加在哥本哈根召开的一个研讨会，因为可以利用这个机会给他寄明信片，谨慎地和他打个招呼，我认为他应该是可以回复的。一到哥本哈根，我满脑子想的都是这件事，买一张明信片，写上我在出发前精心组织的几句话，找邮筒。在回去的飞机上，我对自己说，我到丹麦来就只是为了给一个男人寄张明信片。

我想要重读 A. 在的时候，我只是大概翻阅了一下的某本书。因为觉得等待，还有那段时间的梦都在这些书里，觉得从我经历的事情中可以重新找回激情。然而在我翻开它们的时候我又愚蠢地退缩了，不能下决心去读，就好像《安娜·卡列尼娜》就是这样一本公认的、因为会带来痛苦所以不应该翻开的书。

　　有一次，我产生了强烈的欲望，去十七区的卡尔

蒂内巷，那是二十年前我去秘密堕胎的地方。我觉得

我必须要重新看看那条小巷，大楼，一直上楼到事件

发生的公寓里。就好像是模模糊糊地希望用旧时的痛

苦来平息当下的痛苦。

　　我在马莱塞布站下了地铁，出来是一个广场，广

场的名字或许是才改的，我没什么印象。我向一个卖

蔬菜的小贩问了路。卡尔蒂内巷的指示路牌上，字母

已经消退了一半。大楼的外墙也重新粉刷过，刷成了

白色。我走到我记忆中的那个门牌号前，推开门，门

很罕见的没有装数控锁。墙上钉着住户的姓名牌。上

了年纪的助产士已经死了，或者去了郊区的养老院，

现在住在这条街上的是上层社会的人。在向卡尔蒂内

桥走去的时候，我仿佛又看到了当年的自己，在那个

助产士的陪伴下。她坚持要陪我走到最近的车站，也

许只是为了确认，我没有因为深入腹部的导管而晕

倒在她家门前。我想，"有一天我曾经在这里。"我在

寻找这一过去的事实与虚构——也许只是简单地怀

疑我是否有一天来过这里——之间的差距，因为如果只是面对小说中的某个人物，我不会有这样一种感觉。

我又重新在马莱塞布站坐上地铁。同样的步骤，但是我很满意自己完成了这件事，又重新恢复到了一种无依无靠的状态，而究其源头，都是因为一个男人。

（是不是只有我才会回到堕胎的地方？我思忖着，我写作，只是为了知道是不是别人不会那么做，是不是他们也有同样的感受，是不是他们感觉到这一切后也认为很正常。甚至，他们经历了这一切，却不会记起他们曾经在某一天，在某个地方读到过这一切。）

现在是四月了。早上，有时候我醒来，并没有立刻就想起 A.。重新享受"生活中的小乐趣"——和朋友聊天，看电影，吃一顿好饭——不再让我感到害怕。我仍然处于激情的时间段里（因为总有一天，

醒来时我终究会不再注意到自己竟然没有想起 A.），

但是这已经不是同样的时间段了，时间不再继续。*

　　一些与他有关的细节，他曾经对我说过的话，会

突然出现在我的脑海中。比如他去看莫斯科马戏团的

表演，说那个驯猫的人"简直难以置信"。有一瞬间，

我会觉得自己非常平静，就像是自己才从梦中醒来，

在梦中见到了他，而我还不知道自己做了梦。一种一

* 我从未完成过去时（但是如果是未完成，一直要到何时？）过渡到了现
　在时（但是从什么时候开始？）——因为没有更好的解决办法。因为我
　并不能准确地意识到日复一日的我对 A. 的激情究竟是如何变化的，我
　是能停留在某些画面上，从现实中分离出某些符号——就好像是处在通
　史之中——而这现实出现的日期并不能确定。——原注

切重归秩序的感觉，是"现在就很好"的感觉。接着，我在想，这些话对应的现实已经遥远，又过去了一个冬天，也许驯猫的人已经离开了马戏团，"简直难以置信"属于已经过去的现时。

在和他人谈话的过程中，我会突然间觉得自己理解了 A. 在某个时刻的态度，或是发现了我们关系中我以前从未想到过的某一面。我和一个同事喝咖啡，他告诉我，他曾经和一个比他年长很多的女人有非常亲密的肉体关系："晚上，当我离开她家，我呼吸着大街上的空气，体会到一种美妙的、雄性的感觉。"

我于是想到，A. 的感觉也许是一样的。我为自己的发现而感到幸福，但是这却是无法验证的发现，就好像是我抓住了某种不可磨灭的东西，某种记忆给不了我的东西。

今天晚上，在区域快铁的车厢里，对面两个女孩在聊天。我听到她们说，"他们在巴比松[20]的陈列馆"。我在想，我好像什么时候听他说到过这个地名，几分钟后我想起来了，A. 和我说过，有个周日他和他妻子去过巴比松。这一记忆于我而言已经和别的记忆一样，比如说，就和提到布吕努瓦[21]时勾起的回忆没有什么差别，而我的一位女性朋友住在布吕努瓦，已经很长时间未曾联系了。这是不是意味着，A.之外的世界又开始恢复意义了？莫斯科马戏团的驯猫员，浴袍，巴比松，自第一夜之后日复一日在我脑袋里构建起的这个文本，包括画面、动作、话语——这个构筑起未曾写下的激情小说的符号整体开始消散。这个鲜活的文本只剩下些许残余，一点点痕迹。和别的文本一样，总有一天，对我而言会毫无意义。

然而，我却仍然无法离开这个文本，就像去年春天的时候，我的等待和对他的欲望持续不断，我无法离开 A. 一样。我知道，在生活的另一面，我对写作没什么可期待的，写作中出现的不过是我们放进生活里的东西而已。继续，也是为了避免现在就把这个文本交给别人阅读，对此我现在还感到很不安。只要我仍然觉得自己有必要写下去，我就不会担忧交给别人阅读的可能性。现在我已经走到了这份必要性的尽头，我怀着前所未有的惊讶和一种羞耻感——相反，我真的处在这份激情中并写作的时候，都没有这种感觉——翻看我写下的这些文字。而一旦考虑出版，接近的则是"正常的"判断和价值观。（很可能必须回答"是否是自传体?"这一类的问题，必须要在这一点或者那一点上为自己辩护，这些都会阻碍这一类的书出版，除非以虚构的形式，至少表面上比较安全。）

而现在，面对这些涂涂改改，只有我才看得懂的纸页，我还可以把它们当成某种私人的东西，某种不会带来任何后果的孩子气的东西——就好像我在练习簿护壳里面写下的那些爱的宣言或者浪言荡语，所有那些当我们确认没有任何人会看到时，能够安静地、丝毫不计后果地写下的东西。而一旦我开始在打字机上敲下这个文本，一旦它带上了可以公开供大家阅读的特点，我的清白便结束了。

一九九一年二月

我本可以在上一句话停下，从此之后，世界上发生了什么，或者我的生活里发生了什么，都不再会进入这个文本。也就是说，将它保持在时间之外，可以供人阅读了。然而，只要这些纸上的文字仍然是个人的，像此刻由个人掌控的，就可以还再写点什么。对我来说，现实可以为它增添一点什么就比修改一个形容词的位置更加重要。

去年五月，我停下不再继续写，从那一刻开始到现在，即一九九一年二月六日，这段时间里爆发了伊拉克和西方联盟之间的战争。宣传说这是一场"干净"的战争，尽管，落在伊拉克领土上的"炸弹要比整个第二次世界大战时落在德国本土"的炸弹还要多得多（今晚的《世界报》），目击者看到，孩子们被炸弹声震到耳聋，像醉鬼一般在巴格达的街头踉

跄。所有人都在等待据说会发生，但实际并没有发生

的事件，"盟军"的地面进攻，萨达姆·侯赛因的化

学战，拉法耶特商店的恐怖袭击，等等。和激情生

活中一样，都是因为想要知道真相——当然是不可

能的——而产生的恐惧和欲望。相似之处到此为止。

再也没有梦和想象的空间。

战争爆发之后的第一个星期日，晚上，电话响

了。A. 的声音。几秒钟的时间里，我被一种恐惧攫

取住。我哭着重复他的名字。他慢慢地说，"是我，

是我"。他想要立刻见到我，说马上坐出租车来。在他留给我的半个小时里，我化妆，在惊恐中装扮好自己。接着我在门厅等他，身上披着一条他从来没有见过的披肩。我惶惶地看着大门。他像以往一样，没有敲门便径直进来。他应该喝多了，摇晃着抱住我，在上楼去卧室的时候，他在楼梯上被绊了一下。

事后，他只是要了一杯咖啡。他的生活在表面上没有任何变化，回到东欧，做的是和在法国一样的事情，没有孩子，虽然他的妻子想要一个。三十八岁，而他依然保持青春的模样，只是脸上有点憔悴。他的指甲没有那么干净了，手也更加粗糙，也许是因为他的国家太冷的缘故。当我指责他自离开起没有给我任何消息时，他一直在笑："就算我给了你电话，和你说，你好，好吗。然后呢?"他没有收到我从丹麦寄到他原先在巴黎工作地点的明信片。我们重新穿上乱七八糟交错着扔在地砖上的衣服，我开车把他送回星形广场附近的酒店。在从楠泰尔到讷伊桥之间，遇到红灯时，我们拥抱，爱抚。

返回的时候，在拉德芳斯隧道中，我在想："我

的故事究竟在哪里?"接着我又想,"我再也不等什

么了。"

　　他三天之后回国,我们没有能够再见。出发前,

他在电话里对我说:"我会给你打电话的。"我不知

道,他说的究竟是在他的国家给我打电话,还是说有

机会再来巴黎时给我打电话。我也没问。

　　我感觉似乎他并没有回来过。在我们的故事中,

这一次再见无处安放,除了一个日期,一月二十日。

那天晚上回来的男人，不再是那个他在的这一年里，以及当我写作时心里装着的那个男人了。这个男人，我之后就再也没有见到过。然而，正是这次再见，不太真实的，几乎不存在的再见，赋予我的激情以意义，那就是这一切没有任何意义，两年以来，我们所经历的最为激烈的、最无法解释的这一切。

我只有他的一张照片，而在这张有点模糊的照片上，我看到了一个高大的金发男子，与阿兰·德龙有一点点像。他的一切对我来说都弥足珍贵，他的眼

睛，嘴唇，性器，他童年时代的回忆，他抓住东西时

那种粗暴的方式，他的声音。

我想要学习他的语言。我保留了一只他用过的，

而且我一直没洗的杯子。

我曾经想过，如果我永远也不能再见到他，我情

愿从哥本哈根返程的航班失事。

去年夏天，在帕多瓦，我把这张照片贴在圣安东

尼的坟墓内壁——其他人都是贴一张手绢，或是写

有愿望的、折起来的纸条——祈祷他回来。

他是否"值得"显然已经没有任何意义。即便这一切已经开始变得陌生，如同是另一个女人的故事，也不会改变一点：多亏了他，我接近了把我与他人分隔开来的边界，以至于有时我甚至想过穿越这一边界。

我用另一种方式丈量时间，用我的身体。

我发现了我们所能做的，换句话说，我们什么都能做。高尚的或致命的欲望，自尊的泯灭，信仰和行为，在他人那里我曾认为这些都很荒谬，直到我也转向他们。他并不知道，他将我和世界更加紧密地联系在了一起。

　　他曾经对我说过，"你不要写关于我的书"。但是我写的不是关于他的书，甚至不是关于我的书。我只是用文字——也许他不会读到，而且也不是写给他的——将关于他的存在，将只是通过他的存在带给我的东西还原出来。在某种程度上是一份保留下来的礼物。

　　小的时候，在我看来，奢侈品是毛皮大衣，是长

裙，是海边的别墅。后来，我又觉得是一种知识分子

的生活。而现在，我觉得是可以对某个男人或者女人

抱有一种激情。

译者注

1. Sade（1740—1814），法国作家，以色情小说创作闻名。

2. La Havane，古巴共和国首都。

3. Василий Семенович Гроссман（法文为 Grossman，1905—1964），苏联作家，生于乌克兰，长篇小说《生活与命运》是其代表作之一。

4. Sylvie Vartan（1944—　），法国摇滚女歌手。

5. Nagisa Oshima（1932—2013），日本导演、演员，《感官王国》(*L'empire des sens*，又译《感官世界》) 是和法国合拍的一部影片，以片中有真实、直接的性爱镜头而闻名。

6. Harlequin，英国家居品牌店。

7. Phèdre，法国古典主义时期剧作家拉辛的名剧，故事取材自古希腊诗人欧里庇得斯的《希波吕托斯》。

8. Edith Piaf（1915—1963），法国著名女歌手。

9. 英国的一部剧情电视剧，1984 年首播。

10. La femme d'à côté，法国著名新浪潮导演特吕弗执导的影片，1981 年出品。

11. Parc de Sceaux，位于巴黎南郊。

12. Bois de Vincennes，巴黎城外东南面的一片森林。

13. Oltrarno，佛罗伦萨的传统街区；Boboli，享誉世界的古代罗马园艺花园，有许多从 16 世纪到 18 世纪的出名雕塑藏品；Piazzale Michelangelo，位于佛罗伦萨市区南端的高地，站在广场上可以眺望佛罗伦萨市的全景，广场上立有佛罗伦萨的象征大卫青铜像；San Miniato，罗马式教堂。始建于 1018 年，位于圣米尼亚托圣地。

14. Badia，一座罗马天主教教堂和修道院，位于意大利佛罗伦萨市中心，但丁故居就在教堂对面。

15. Santa Croce，方济各会的教堂，在这座教堂中，安葬着许多最杰出的意大利人，例如米开朗基罗、伽利略、马基亚维利等。

16. Dalida（1933—1987），法国女演员、歌手。

17. Zattere，意大利威尼斯停靠游艇和小船的码头。

18. Calcina，位于扎泰雷中央地带，是很多名人出入过的地方，现在是饭店。

19. 张德培是男子美籍华裔网球选手，英文名为 Michael Chang，1989 年获得法国网球公开赛冠军。

20. Barbizon，距巴黎南郊约 50 公里，19 世纪中叶巴比松画派在此诞生，因此而闻名。

21. Brunoy，距离巴黎不远的小镇。

图书在版编目(CIP)数据

简单的激情/(法)安妮·埃尔诺(Annie Ernaux)
著;袁筱一译.—上海:上海人民出版社,2023
书名原文:Passion simple
ISBN 978-7-208-18329-2

Ⅰ.①简… Ⅱ.①安… ②袁… Ⅲ.①自传体小说-
法国-现代 Ⅳ.①I565.45

中国国家版本馆 CIP 数据核字(2023)第 095745 号

责任编辑 赵　伟
封扉设计 e2 works

封面画作来自朱鑫意的"2020"系列作品

上海文化发展基金会资助项目

简单的激情

[法]安妮·埃尔诺 著

袁筱一 译

出 版	上海人民出版社	
	(201101　上海市闵行区号景路 159 弄 C 座)	
发 行	上海人民出版社发行中心	
印 刷	苏州工业园区美柯乐制版印务有限责任公司	
开 本	787×1092　1/32	
印 张	4	
插 页	6	
字 数	17,000	
版 次	2023 年 7 月第 1 版	
印 次	2025 年 2 月第 4 次印刷	

ISBN 978-7-208-18329-2/I·2086
定 价 45.00 元

2022 年诺贝尔文学奖"安妮·埃尔诺作品集"

已出版

《一个男人的位置》

《一个女人的故事》

《一个女孩的记忆》

《年轻男人》

《占据》

《羞耻》

《简单的激情》

《写作是一把刀》

《相片之用》

《外面的生活》

《如他们所说的,或什么都不是》

《我走不出我的黑夜》

《看那些灯光,亲爱的》

《空衣橱》